KB145538

세월에
실려 온 날들

조위제 제2시집

시음사
시사랑음악사랑

시인의 말

소풍 나온 인생살이
이 나이 되도록 살아보니
느끼는 것이 참 많습니다.
젊은 시절은 정신없이
아등바등 살았습니다.
흐르는 세월에 실려 노년의 삶을 살아보니
노년의 삶이 도토리 키재기 삶이란 것을 느끼고
바삐 가는 세월에 길을 비켜주며
천천히 가련다
하늘에 뜬 구름도 보고
산천의 경치도 보고 옆도 돌아보면서
받는 기쁨보다 주는 기쁨이 더
크다는 것도 알고

용서하며 역지사지의 마음가짐으로 살면
다툼 없이 편하게 산다는 것을 알았고
매사에 감사하며 모든 사물과
생명체를 사랑하면서 살고 싶습니다
소풍 나온 인생인데 태어나서
내가 쓴 자작 글 몇 줄을 남기는 것을
보람으로 여기며
여백을 두고 즐겁게 살아가렵니다.

시인 조위제

스마트폰으로 QR 코드를 스캔하면
시낭송을 감상할 수 있습니다

 제목 : 청사포의 밤
시낭송 : 최명자

제목 : 봄을 찾아온 아가씨
시낭송 : 최명자

 제목 : 동백의 붉은 순정
시낭송 : 최명자

제목 : 가을 하늘 아래
시낭송 : 박영애

 제목 : 가을 단상
시낭송 : 조한직

제목 : 가을을 넣은 커피 한 잔
시낭송 : 최명자

 제목 : 여유로운 노년이 좋다
시낭송 : 박영애

제목 : 시계
시낭송 : 박영애

제목 : 동행 (문방사우)
시낭송 : 박영애

 제목 : 촛불
시낭송 : 박영애

 제목 : 안경 너머로 본 눈물
시낭송 : 최명자

 제목 : 쌍둥이 막내(독도)
시낭송 : 박영애

 제목 : 이방인 아닌 이방인
시낭송 : 최명자

 제목 : 초심(初心) 분실
시낭송 : 최명자

 제목 : 그리움 하나
시낭송 : 최명자

 제목 : 봄이 오는 소리
시낭송 : 박영애

영상은 YouTube 정책 또는 운영 관리에 따라 삭제될 수도 있습니다.

시인은 자연을 이야기하고 시낭송가는 자연을 품었다
글자는 날개를 달아 언어로 날고 소리는 자연에 눕는다

* 목차

* 목차

* 목차

＊ 목차

조개의 아픔을 알까

인간 욕심의 잔인함
음식의 재료로 쓰임도 아니다
다른 생물의 생명을 위해 하는
인간의 잔인함을 느낀다

다른 생물의 생명을 빼앗아
인간의 장신구로 쓰인다
어린 조개를 잡아서
인위적으로 살점을 헤집어
진주 핵을 심어 놓고

조개는 자라면서
아픔의 세월을 참고 견디면서
결국은 인간의 예리한 칼끝에서
생을 마감하면서
영롱한 보석을 내어준다
인간의 냉혹한 욕심에
여리고 야윈 내 가슴이 너무 아프다.

인연(因緣)

숱하게 많은
만남과 헤어짐이
반복되는 인생길
만나서 좋은 인연이 있고
만나지 말았어야 할 인연도 있다

우연히 만난 사람이
푹 끓여낸 곰국 같은 사람
매사를 닮아가고 싶은
오래도록 지속하고 싶은 인연
그 사람이 가는
뒷모습까지도 멋진 사람
그 인연이 좋다.

옛 추억 소환

육십 년 넘게 지난날
연애편지 한 페이지를
쓰다가 버리고 또 쓰고
꼬깃꼬깃 버렸던
기억 속에서
추억 한 페이지를 끄집어냈다
십칠 세에서 십팔 세
일 년 남짓한 날들
그 옛날에는 사랑이란
단어조차도 금기시되었을 때
내 마음 네가 알고
네 마음을 내가 알고
좋아한다는 말 한마디
부끄러워 못 하고
눈빛으로 주고받은
가뜩이나 멋없고 무뚝뚝하고
투박하면서 말수가 적고
부산의 총각, 처녀
손목 한번 잡는 것도
기차, 길 철교를 건널 때

잡아보았다 손바닥은 땀에 젖고
가슴은 방망이질한다
요샛말로 데이트는 친구들 몰래
영화 관람이 고작이다
깜깜한 극장 옆자리에 앉아
살며시 손을 잡은 것이 좋았다
옛날엔 스킨십도 없었고 또 몰랐다
일박이일 여행은 언감생심
그토록 애틋했던 연애도
처녀 집에서 이사를 하면서
그때는 전화도 한 동네 한두 대뿐
눈에서 멀어지면 마음에서도
멀어진다더니 봄눈 녹듯이
무심한 세월에 묻어 두었던
순수 그 자체의 사랑이었다.

옛 여인의 환상(幻想)

잿빛 하늘의 흐리던 날씨가
후두두 후두둑 비가 내린다
빗줄기가 유리창에
흘러내린다
판타지의 옛 여인이
비 오는 창밖에서
비를 맞으며 울고 서 있다
바라보던 내 눈에
고여 있던 내 눈물이
내 소매 끝에 떨어진다
안타까운 추억 속에 그 여인
이젠 마음에서 지우련다
이 빗물에 지운다.

사랑은 밧줄이다

사랑은 밧줄이다
양쪽 끝을 잡고 하는
줄다리기 게임이다
저쪽에서 당기면
못 이기는 척
이쪽에서 조금 끌려가고
이쪽에서 당기면
저쪽에서 조금 끌려온다
이쪽에서 밧줄을 놓으면
저쪽은 넘어진다
양쪽 끝에서 서로 힘껏 당기면
밧줄은 끊어지고 끝나는
사랑은 밧줄이다

불 켜진 서재를 찾아

노크도 없이
남의 불 켜진 방
서재를 찾아
주인도 없는 방을
무단으로 침입했다
정성 들여서
곱게 써 놓은 시 한 편
그 밑에다
쪽지에 소감을 적어 놓고
그 방을 나왔다
그러고는 또 다른
불이 밝혀진 서재를 찾아
밤길을 걷고 있다

명산 대둔산(大屯山) 찬가

명산 대둔산
수정을 깔아 놓은 듯
티 없이 맑은 얼음 계곡
하얀 솜이불을 덮은
산허리에
동심이 꽃 피네
얼은 썰매 눈썰매
씽씽 달리는
아이들의 해맑은 웃음소리
입이 귀에 걸렸다

이천이십사 년
우리 모두가
건강과 희망을 싣고
힘차게 달려보세

흰 구름에 실려 온 가을

모기의 입이 삐뚤어지고
수정같이 맑고 하얀 이슬이
맺힌다는 처서와 백로가 지나
고추잠자리가 춤을 춘다

눈이 시리도록 높고, 파란 하늘
흰 구름에 실려 온
풍성한 가을을 맞아
탐스러운 열매와 함께
기쁜 일들이 주렁주렁
열렸으면 좋겠습니다

접어둔 그 마음

해변을 걸으며
파도와 바람을 벗 삼아
가슴 저리는 그 사연이
마음 한편에
고이 접어 두었던
마음 한 조각

나는 네가 좋다
사랑한다는 그 한마디
하지도 못 한 채
헤어질 운명에 울어야 했던
그날이 갑자기 생각난다.

팔순의 주책

난생처음으로
철없던 열일곱 나이
그 여학생 손도
잡아보지도 못하고
같이 걷는 발길이
후들후들 떨려옴에
방망이질했던 가슴

무심한 세월은 가고
순수했던 그 마음이
첫사랑이었을까
때가 묻은 세월 지난 지금도
가슴을 흔든다
팔순의 이 나이에
허허허 주책이지요.

청사포 밤바다

파도 소리에 실려
갯내가 묻어오고
파도 소리의 찰랑거림에
방파제 밑의 고기들이 속삭임
내 젊은 날의 밀어가
귓가에 앉았다

인적도 끊어진 해변을 걷는다
바다 수면 위에
네온 불 물그림자가
일렁거리고
샛별을 머리에 이고

호젓하게 걷는 밤길에
외로움이 안개처럼 따라온다.

 제목 : 청사포의 밤
시낭송 : 최명자
스마트폰으로 QR 코드를 스캔하면
시낭송을 감상할 수 있습니다

21

우수(雨水)

따사로운
봄볕의 사랑 고백에
얼었던 대지가
못 이긴 척
넓은 품을 내어준다

훈풍의 속삭임에
나목의 가지가
기지개를 켜고
새움을 내민다

남녘 어디선가
꽃소식이 들리고
겨우내 움츠렸던
농부는 농사 준비에 하루가 간다.

연두색 사월

산을 보아도
들을 보아도
새 생명들이 돋아나
연두색으로 물들인다
꽃이 진자리마다
작은 열매가 맺었다

녹색이 짙어지면서
튼실하게 자랄 즈음
초록색 보리밭에
일렁이는 녹색 파도가
춤을 추겠지.

삼일절 아침에

삼일절 이른 아침에
선조 님들의 고마움에
가만히 두 손을 모으고
고개를 숙였다

창문을 열어 보니
조용히 봄비가 내린다
그래도 솔바람에 묻어오는
꽃향기가
코끝을 간질인다
꽃망울에 매달린
수정 알맹이들
지금도 땅 밑에선
새 생명들이
햇빛 먼저 보겠다고
몸부림을 치고 있겠지!

용트림하는 봄

얼었던 대지에
봄비가 촉촉이 내리면
봄 햇볕 따사로움에
양지바른 땅속에선
소리 없이 봄이 꿈틀대는
새싹들의 용트림들

잎이 나오고
화사한 꽃망울 터져
봄 단장 곱게 하고
고운 발길을 기다리며
밝고 환한 모습으로
반갑게 맞으리라.

봄을 찾아온 아가씨

아지랑이 앞세우고
찾아온 봄 아가씨
훈풍 타고 오신 반가운 임
나목의 가지마다
봉긋한 꽃망울들이 앞다투어
팝콘을 만들어 내고 있다
예년보다 일찍 찾아와
가로수 길을 화사한
꽃구름 터널을 만들었다
살랑이는 바람결에
눈보라처럼 꽃보라가 내리더니
간밤에 내린 비를 맞고
간다는 인사 없이 떠나고
꽃진 자리마다
여린 연두색 잎들이 고개를 내민다

제목 : 봄을 찾아온 아가씨
시낭송 : 최명자
스마트폰으로 QR 코드를 스캔하면
시낭송을 감상할 수 있습니다

* 팝콘 : 개화를 비유

희망을 맞이하자

오늘이 등을 보이고
어둠으로 숨어들고
여명을 뚫고 희망이
대문을 들어선다
밝고 환한 미소로
반갑게 맞이하자

동백의 붉은 순정

조그만 배를 타고
고기잡이 나가신
오지 않는 그 임을
눈멀도록 바다만 지키고 선
젊은 아낙네

애타는 그리움에 지쳐서
눈물도 말라버려
망부 목이 되어 버린 동백나무
빨갛게 피멍이 던 가슴을 안고
애간장을 다 녹이며
모진 겨울 견디고는

사월의 따스한 봄날에
동백은 울컥, 울컥
핏덩이를 토하며
땅바닥에 핏자국을 남긴다.

제목 : 동백의 붉은 순정
시낭송 : 최명자
스마트폰으로 QR 코드를 스캔하면
시낭송을 감상할 수 있습니다

경칩(驚蟄)날 아침에

매서운 겨울 추위에
꼼짝 못 하고 틀어박혀
깊은 잠에 빠져들어
깊은 꿈속에서
여유롭게 강물에서
수영을 즐기는데
얼음덩이를 피하면서
꿈을 깨고 말았다
대동강 물도 풀린다는
경칩 날에는
강가의 양지쪽에는
솜털을 하얗게 덮어쓴
버들강아지가
봄노래를 부르겠지.

* 경칩은 겨울 잠자던 개구리놀라깸

가을 하늘 아래

맑고 높은 하늘가에
시(詩)가 매달렸다
파란 하늘에 마음이 시리다
넓은 들판에 일렁이는 꽃물결
살살이 꽃길 사이를 걷는
밝은 얼굴들은 웃음꽃이 핀다

높은 산 능선은
알록달록 아름다운
가을옷으로 갈아입는다
봄꽃이 진자리마다
어김없이 탐스러운 가을이 익는다
황금 들판의 풍요로움에
마음이 배부른 부자가 된다.

* 살살이꽃 : 코스모스꽃

제목 : 가을 하늘 아래
시낭송 : 박영애
스마트폰으로 QR 코드를 스캔하면
시낭송을 감상할 수 있습니다

나목(裸木)의 눈물

모진 겨울 이겨내고
따스한 봄날에
또다시 돋아난 새순을 키워
꽃피우고 탐스러운 열매 익혀
열매까지 다 내어 주고
단풍 든 잎들과의 이별에

낙엽으로 떠나보내고
빈 가슴만 남았다
겨울을 재촉하는 가을비
벌거벗은 가지 끝에 맺힌
나목의 눈물
뚝, 뚝 뚝.

가을 단상(短想)

꾸불꾸불 흘러 내려가는
강물인가 했더니
세월이더라

곱게 물던 단풍을 보고
가을인가 했더니
그리움이더라

떨어지는 낙엽을 보니
그 끝에는
이별이 앉아 있더라

이별의 끈을 잡고
올렸더니
눈물이 따라 오더라.

제목 : 가을 단상
시낭송 : 조한직
스마트폰으로 QR 코드를 스캔하면
시낭송을 감상할 수 있습니다

가을 담은 커피 한 잔

가을이 익어가는 이 가을날
향기 좋은 헤이즐넛 커피잔에
벌레가 파먹은
작은 구멍 뚫린
붉은 단풍잎 하나 띄워
가을을 마신다

파란 하늘가에
매달려 대롱거리는
아련한 그 모습에
그때의 추억을 더듬는
내 눈시울에 이슬 맺히는
나는, 나는 가을 앓이 속에
가을은 점점 농익어 간다.

제목 : 가을을 넣은 커피 한 잔
시낭송 : 최명자
스마트폰으로 QR 코드를 스캔하면
시낭송을 감상할 수 있습니다

이태원의 슬픔

한창 땅속에서 자양분을
잔뜩 먹고 자란 싱싱한
꽃대에 올라앉은 꽃망울들이
피지도 못하고 시들지도 않고
꺾여버린 수많은 꽃망울
젊음을 즐기자고 나간 자리
이태원 골목길
밀려오는 아수라장 속에서
눌려 오는 중압감에
살려달라 비명 끝에
못 올 길을 떠나버린 젊은 넋들이
골목길 바닥에 누워 버렸다
부모, 형제 가슴에 대못을 박고
이승에서 저승으로 가신 님들께
가만히 두 손을 모으고
편안한 영면을 빕니다
자꾸만 눈물이 흐른다.

여유로운 노년이 좋다

싱그러운 녹음보다는
곱게 물던 단풍이 더 곱고
일출의 햇살보다는
일몰의 석양이 더 곱고
삶에 쫓기는 젊음보다는
곱게 익어가는 여유로운
노년이 더 좋다.

제목 : 여유로운 노년이 좋다
시낭송 : 박영애
스마트폰으로 QR 코드를 스캔하면
시낭송을 감상할 수 있습니다

우리 고장 논산 찬가

우리 고장 논산을
비단 강이 감싸고
옥녀봉 밑 강경 젓갈
감칠맛 내구요

단발머리 여학생
스승의 날 발원지
천 년 고찰 관촉사
은진 미륵 잔잔한 미소

계백 장군 오천 결사대
충절이 깃든 곳
우렁찬 군가 소리 메아리치는
대한민국 육군의 요람

대둔산자락 양지쪽
명품 곶감 매달렸고
탐스러운 붉은 딸기 익은 곳
우리 고장 논산, 얼씨구 좋구나.

장가계 여행

자연의 신비
그 웅대함에
인간은 하나의 미물!
장가계, 원가계
천하의 명산을 품은 곳
수억 년의 신비가
흘러내린 종유석과 석순
한 몸이 된 석주!

운해 속에 떠 있는
꽃봉오리 섬, 섬들.....
천 길 낭떠러지 절벽
유리길 귀곡잔도
천문산 구백구십구 계단에
하늘 문이 열었구나!
장가계여 영원하라.

고희(古稀)날 아침에

아니 벌써
내가 고희(古稀)
지난 기억들이
주마등처럼 스쳐 간다.
말 타고 긴 칼 찬 일본 순사
기억에 아련한 해방을 맞고
저고리에 코 수건 달고
초등학교 입학
느닷없는
동족상잔의 6.25 사변
피난 열차 역전에
주인 잃은 소 울음 뒤로하고
분봉하는 벌 떼처럼
업고 안고 매달리고
열차의 지붕에도 피난민 군상
필사의 탈출
부산은 만원
물금역에서 걸어서 팔십 리
양산 통도사 피난살이
피난에서 돌아오니

우리 집도 학교도
온통 모두가 잿더미뿐
학교 운동장 느티나무 밑이
우리들 교실
연필을 입에 문 채
일사병으로 실신
담임선생님 등에 업혀
의원으로 갔다더군.

장난감 없던 시절
미군이 버리고 간
탱크, 찦차, 철모 화이바
우리들의 놀이터요, 장난감
내 동생은 수류탄을 갖고 놀다가
폭발과 함께 저세상 보내고

그래도 배워야 산다고
초등학교 졸업하고
없는 살림에 입 하나 줄인다고
가족은 이산가족

자유당 붕괴
5.16 군사혁명
제3 공화국
파란만장했던 우리네 삶
새마을 운동으로
가난을 몰아내고
조국 근대화, 경제대국
우리나라 일어섰네!

어린 자식 굶기지 않으려고
불편하신 몸으로
온갖 궂은일마다 않으신
우리 어머님!
가시고 안 계신 어머님을
호강 한 번 시켜 드리지 못한
못난 놈
이놈이 오늘 고희(古稀)라네요.

하늘에서 내려다보시면서
우리 사남매 지켜주시고 계신
불쌍하게 고생만 하시다가
하늘 가신 어머님
살아생전 생신날
오늘 아침에
이 자식은 목이 멥니다!
이제는 걱정이랑 마시고
편안히 계십시오
내 나이 칠십에
흘러온 지난 세월이
한 편의 영화 필름일세!

까치밥

우리 집 담장 옆
고목된 감나무
무서리 맞은 잎들
낙엽으로 다 떠나가고
삭정이 같은 꼭대기 가지에
까치밥으로 남겨둔
홍시 세 개
까치 두 마리 날아와
서너 번 쪼아 먹고
깝죽깝죽 꼬리짓
깍깍 고맙다는 인사하고
담 너머로 날아간다.

노인의 날에

어머니 부르기만 해도
눈물이 핑 도는 그 이름
힘들었던 보릿고개!
초근목피로 끼니를 때우고
자식은 굶기지 않으려고
샘물 한 바가지 몰래 마시고
어머니는 입을 훔치시며
나는 조금 전에 먹었다.
너희들 어서 많이 먹어라.

아버님은 새마을 운동으로
나라의 기틀을 세워 주시고
뭉뚝하신 거친 그 손길
주름진 그 얼굴
치아 없으신, 환한 합죽이 웃음!
건강하신 모습으로
저희 곁에 오래오래 머물러 주십시오.
G20 의장국, 대한민국
어르신 만세, 대한 노인 만만세.

곱게 물던 단풍을 보고
가을인가 했더니
그리움이더라

떨어지는 낙엽을 보니
그 끝에는
이별이 앉아 있더라

소나기

후텁지근한 한여름
찜통 같은 무더위다
느닷없이 먹구름이
몰려와 어둡다
한두 방울 빗방울이
떨어지더니
후드득 후드득 쏟아진다
번개가 뻔쩍뻔쩍
우르릉 쿵쾅 천둥소리가
지축을 흔든다
잠시 후 서쪽 하늘에
빛깔 고운 무지개가
구름다리를 놓았다
무섭게 쏟아지던 소나기는
언제 소나기가 왔나 하고
밝은 태양이 웃고 있다.

빚진 사랑

어머이
떠올리기만 해도
가슴이 찡하고
눈물이 핑 돈다
철없던 시절
애간장 다 녹이고
지질이 속만 썩인 이놈
주시기만 한 어머이 사랑
그 사랑 받기만 했던 못난 놈
나이 먹고 철드니
가시고 안 계신 어머이
빚진 그 사랑 갚을 길 없어라

옥수수

텃밭 가에 우뚝 선
키다리 아줌마 옥수수
빨간 머리 아기를 등에 업고
고개를 쭉 내밀고 서서
서방님을 기다리는지
이제나 오시나 저제나 오실까
마중 나와서 기다리나 봐.

비 내리는 터미널

만남과 이별이
공존하는 터미널
슬픔의 눈물인가
비가 내린다
숨죽여 숨어 있던 이별이
내게로 올 줄이야
우산을 받쳐 들고
고개 돌려 흐느끼는 사람아
눈물로 헤어지는
님 떠난 터미널에
궂은비만 내린다.

그리움

아스라이 밀려오는
아지랑이 같은 그리움이
빈 가슴 파고들어 와
눈가에 이슬이 맺혀오네
굳은 약속 변해 버리고
멀어져간 여인
보고 싶은 여인아
어떻게 잊을 수가 있을까?
따스한 봄볕에도
시린 가슴은 녹을 줄 모르니!

천사의 미소

본 적이 없는 천사의 미소가
이만큼 아름다울까
난, 오늘 점심시간에
천사의 미소를 보았다.

연세가 팔순은 되어 보이는
할아버지와 할머니
곰탕으로 식사하시는 모습

아이고, 어쩌나
치매 앓으시는 할머니
할아버지가
할머니의 수저 든 손을 당겨
이것도 먹어요, 하신다.

할머니의 티 없이 맑으신
아기 같으신 고운 눈길
부끄러운 듯한 미소
난, 오늘 천사의 미소를 보았다.

추억 한 장

마음속에 내려두었던
추억 한 페이지가 펼쳐져
떠오르는 지난 시절
변치 말자 맹세하며
그토록 사랑했던 이여
사무치는 그리움만을
한가슴 가득 남겨 놓은 채
홀연히 떠난 사람을
오늘도 난, 너를 못 잊어
추억이 잠든 이 길을
하염없이 서성이고 있다.

파문(波文)

얼음 풀린 내 연못에
돌 던지지 마오.
잔잔한 내 마음
파문이 인다오.
가던 발길 그대로 가오.
뒤돌아본다면
이 마음 아프니까요
나도 가는 당신 뒷모습
안 보려 하오.

초춘(初春)

잔설 남은 산골짜기
겨울 이겨낸 나목들
수정 얼음 밑에선
쪼르륵 쪼르륵
봄 오는 소리
바위 밑 개구리
깊은 잠 깰까
아직도 입춘은
저만큼 있는데.......

춘곤(春困)증

겨우내 웅크린 몸이
봄 오는 소리에
기지개를 켠다.

점심 밥숟갈 놓고 앉으니
온몸이 나른하고
쏟아지는 졸음에
내려앉으려는 눈까풀
천근만근 무거워라.

토해내는 하품에
입 찢어지겠네!

설 차례상 앞

세신(洗身) 세심(洗心)
설빔 곱게 차려입고
위패 앞에 촛불 켜고
향불을 피운다.
조, 율, 이, 시
홍동, 백서
어동, 육서
좌포, 우혜
정성으로 만든 음식
진설해 놓고
술 한 잔에 떡국 올린다.
아들 며느리
손자 손녀 두 손 모으고
조상님께 큰절 올립니다.

비밀과 양심

인생살이
누구나 하나쯤
말 못 할 사연
부끄러운 과거
선의이든, 악의이든
진실이던, 거짓이던
가슴에 묻은 그 비밀
양심은 알리라.

민들레꽃

외진 길 가 풀숲에
키 작은 꽃, 노란 민들레
앙증맞게 피었네.
하얀 솜사탕 하나 들고
민들레 홀씨 가족
봄바람 아가씨 품에 안겨
봄 여행 가려 하네.

만추

이 풍성한 가을
시샘이라도 하는 양
날씨가 변덕을 부린다.
가는 가을을 보내주기 싫어서인가?

감나무에서 빨갛게 가을이 익는다.
빨간 단풍나무에서도 단풍잎 꽃비가 내리고
황금 들판엔 콤바인 추수가 한창
수건 쓴 할머니가 깻단을 턴다.

때늦은 새참
둘러앉은 환한 얼굴들
내년의 풍년을 기약하며
주거니 받거니 막걸릿잔 돌아가네.

독립 기념관

나라 뺏긴 한을 품고
만주벌판과 조국의 방방곡곡
일본의 총, 칼 앞에서
당당히 맞서 싸우시던 선열이시어
삼일운동 태극기 물결
숭고한 그 정신은
꺼지지 않을 민족의 횃불 되어
다시 찾은 대한독립 만세
세계 속에 우뚝 선
G20 의장국
자랑스러운 대한민국 영원하리라.

호국 영령의 영전에

호국의 영령들이시어
오직 한마음 구국의 일념
초개같이 목숨 바치시고
여기 잠들어 계시는 현충원
혹시나 잠 깨실까 조심, 조심
옷깃 여미고 두 손 모아 고개 숙이며
하얀 국화 한 송이 올리옵니다.

육신은 가셨지만

임들의 고귀한 넋, 조국 사랑
마음에 새기며 다짐합니다.
이제는 온 국민 하나 되어
임들이 지켜낸 우리 조국 대한민국
세계 속에 우뚝 선 이 땅을
영원토록 우리가 지킬 테니
평안한 영면을 비옵니다.

망부 사모제

하얀 소복에 흰 리본 머리핀
핏기 없는 초췌한 모습으로
철없는 어린 자식 손목 잡고
가신 님을 못 잊어
속으로 삼키는 흐느낌
볼을 타고 내리는 두 줄기 눈물
비석을 부둥켜안고
쓰다듬고, 또 쓰다듬고는
정성스레 술잔 올리는 떨리는 손
저세상에서 다시 만나자며
자식과 다소곳이 큰절 올리네.

목욕 가는 날

이른 아침
목욕 가방 하나 달랑 챙겨 들고
가벼운 걸음으로 목욕탕엘 간다.

겉치레 옷들을 훌렁훌렁 벗고
벌거숭이 알몸으로
뿌연 김 서린 목욕탕
샤워 꼭지의 시원스런 물줄기
쏴아······· 알몸을 때린다.

면도질에 칫솔질까지
비누질로 온몸 구석구석 청소 작업
따스한 탕 속에 잠긴 모습들

허례허식도 없고
빈부의 격차도, 계급장도 벗어놓은
이방지대의 육신들

몸의 때야 씻으면 되지만
세파에 찌든 마음의 때
그것까지도 씻으면 좋으련만
씻을 길 없으니·······
마음의 때는 또, 안고 가야 하나?

동지 팥죽

엄동설한
추운 마당 한편에
가마솥 걸고서
매운 장작 연기 피고
붉은 겨울이 끓는다
풀떡 풀떡
하얀 새알이
고개 내밀어 인사하고
숨어버린다.
붉은 나이를 먹는다.
속절없이 한 해가 간다.

송년(送年)

이천십일 년
신년 일출
부푼 희망을 품고 맞았다.
희, 노, 애, 락, 삼백육십오 일
너와 이별의 아쉬움
이 엄동설한에
서쪽 바다 너머로
숨어버리는 너
내일은 또 다른 희망으로
동쪽 바다에서 다시 솟겠지
더 많은 꿈과 희망을 기다릴게.
안녕, 이천십일 년.

빛바랜 그리움

눈에서 멀어지면
마음에서도 멀어진다고
그렇게들 말하더이다.
미운 정, 고운 정
그 많은 추억을 한 가슴 남겨두고
멀어져간 그 여인
소멸하지 못한 빛바랜 그리움
보름달 달무리에 찾아와
미완의 빈 가슴을
내려다보며 미소를 짓네!

자화상

일제 말기 세상으로 나와
호적에도 못 올라간 창씨개명
내 이름은 겐 짱
대한독립 만세 소리 천지를 뒤흔들고
잿더미 된 학교 운동장에서
가나다라, 1 2 3 4
보릿고개 힘들게 넘던 시절
교복 명찰에 내 이름 석 자
인감증명 빨간 원 안의 나
험난한 세파에 부대끼며
가진 만큼 아는 만큼
큰 욕심 없이 적은 것에 만족하고
남에게 못 할 짓 않으려고
작은 죄도 안 지으려고 살면서
황혼 길을 왔는데
시집 한 권을 지은이 조위제
오늘도 시를 쓰고 있다
또 한 권의 시집을 내기 위하여
이런 나 부끄럽지 않은 삶이 아닐까?

* 창씨개명 (일본식 성명 강요)

시계

내 일생에 주어진 시계는
지금 이 순간도 쉼 없이 잘도 간다
엄마의 탯줄을 달고 태어나
생의 마지막 순간까지 갈 것이다
한번 왔다가 가는 내 인생

내 일생의 시계가 멈추는 그날까지
타인으로부터 욕먹지 않고
부끄럽지 않은 삶을 살아야겠다
좋은 사람 아까운 사람이었다고
기억될 수 있는
아름답고 고운 흔적을 남겨야 할 텐데...

제목 : 시계
시낭송 : 박영애
스마트폰으로 QR 코드를 스캔하면
시낭송을 감상할 수 있습니다

가난

따사로운 봄 햇살을 받아먹고
꽃망울은 살찌는데
꽁보리밥은 그림의 떡이다
멀건 시래기죽 한 사발
허겁지겁 퍼먹고 나면
배 속에서 소리를 지른다.
죽이 싫고, 가난이 싫다고
그러나 어쩌랴!
목구멍이 포도청인걸.

문방사우

검은 비석 같은 먹이
물먹은 펑퍼짐한 벼루를 애무한다.
점 하나 없는 화선지에
붓이 춤을 추다가
목 타는 갈증을 참지 못하고
붓이 갈필에 주저앉아 버렸다.
먹물 한 모금 벌컥 마시고
힘겨워 흐느적이던 춤사위가
성난 파도처럼 휘몰아친다.
함께 있어야 온전한 하나가 되는
숙명 같은 운명이
한 폭의 수묵화를 그린다.

* 갈필(葛筆) : 붓끝이 먹물이 말라 갈라지고 희미함.

제목 : 동행 (문방사우)
시낭송 : 박영애
스마트폰으로 QR 코드를 스캔하면
시낭송을 감상할 수 있습니다

촛불

엄동설한 긴 겨울밤
창밖은 북풍한설이 울고 간다.
내 작은 방에 촛불 하나 켜놓고
애타는 그리움을 더듬는다.
문틈으로 들어오는 불청객에
문풍지가 파르르 운다.
흔들리던 촛불이 눈물을 주르륵
가슴 밑바닥에
잠자던 옛 추억을 깨워서
잠 못 드는 이 밤에
그리움을 켜고 앉았다.

제목 : 촛불
시낭송 : 박영애
스마트폰으로 QR 코드를 스캔하면
시낭송을 감상할 수 있습니다

71

회상

남남으로 만나
너 없인 못산다고
뜨거운 열정으로
부부의 연을 맺었다

이별의 그림자는 야금야금
행복의 울타리를 잠식하는데
아픈 이별은 남의 일이라
외면했던 것이 서운하던가

사랑의 기쁨과
이별의 쓴 아픔을 남기고
독하게 떠난 사람!

깨진 이별의 파편에
마음을 베었다만
곁에 있을 때 품어주지 못한 마음
그대의 남겨진 그림자에 설움을 토한다

아파한다고 돌아올까
원망한다고 되돌아올까
체념한 세월
오늘도 그대의 안녕을 빌어 본다

그리움에
행복 가득한 미소 머금은
그대의 사랑 가슴에 안고서

그 염원 통일

광복 칠십 년
분단 육십오 년
국토는 허리가 잘린 채
철조망으로 막아 놓고
가고 싶어도 못 가고
보고 싶어도 못 본
피맺힌 한 서린 세월

이대로는
편히 눈감고 죽을 수가 있으랴

생면부지면 어떠냐
우리는 한겨레 한민족인데
뜨거운 가슴으로
얼싸안고 춤추며
세계만방에 외치자
대한민국 통일 만세
목이 터지게 부르자
목이 터지게 부르자.

탈북 동포

나고 자란 고향 산천을 뒤에 두고
부모 형제의 손을 놓고
목숨을 물 위에 띄우고
국경의 강을 건너
강둑을 기어오르며
감시의 매서운 눈길을 피하여
국제 미아가 되어
산길 물길에 할퀴고 찢겨
선혈이 낭자해도
자유를 갈망하는 사투 끝에
찾아온 당신들 탈북 동포
환하고 복된 앞날이 열리길 빌며
뜨거운 가슴으로 환영합니다.
뼈아픈 이별의 아픔은
통일이 되는 그날 실컷 울고
놓았던 손을 다시 붙잡고
통일의 축배를 들고
통일 만세를 부르자, 목이 쉬도록.

인생 (낙엽의 사계(四季))

봄 (유년기)

눈 녹은 양지에
새싹들의 용트림
따스한 봄볕에
봉긋한 봉오리 움트는 소리
연두색 여린 잎이 수줍게 웃는다.

여름 (중년기)

불타는 된더위에
데일 뻔한 적이 몇 번이던가?
천둥 · 번개 뻔쩍일 때
소낙비에 무수히 두들겨 맞고
뿌리째 뽑을 기세의 태풍 앞에서
바들거리며 떨기도 했다.

가을(장년기)

풍성한 가을걷이 끝난 후에
고운 옷으로 갈아입고
이별을 앞에 두고 서성이는 발길
텅 빈 들판엔
허수아비 외로움에 빈 하늘만 보네.

겨울(노년기)

내년 봄에 태어날
새 생명을 위하여
정든 임의 손을 놓고
허공을 가르며 내려앉아
차가운 대지 위에 몸을 누인다.

금쪽같은 내리사랑

눈에 넣어도 아프지 않다는
내 자식 사랑
내 새끼 똥은
더럽지도 않고
냄새도 나지 않는다.
서툰 숟가락질에
흘린 밥을 내가 주워 먹고
입가에 붙은 밥알도
떼어서 내가 먹는다.

나의 분신
금쪽같은 내 새끼
나 어릴 적에
내 엄마도
나를 이렇게 키웠겠지!
금이야 옥이야
애지중지하시면서
다 주고도 더 못 줘서 안타까운
금쪽같은 내 새끼
내리사랑은 끝이 없어라.

봄을 기다리는 실개천

긴 겨울의 끝자락에
산허리엔 아직도 잔설이 남아 있고
꽃샘바람이 매서운 독기를 부린다.
얼음 풀린 실개천
양지바른 물밑에
포도송이를 닮은 개구리알이
송알송알 자리를 잡고 있다

구부러진 개천 옆에
뽀얀 솜털을 덮어쓴
살 오른 버들강아지
따스한 볕에 기대어
꾸벅이며 졸고 있다
봄은 아직 저만 치서 서성이고 있는데!

어머님

뽀얗고 늘씬한 미인을 닮은 불꽃
문풍지를 울리는 엄동설한 바람에도
흔들리면서도 꺼지지 않는 안간힘
애간장을 다 녹이며 온몸을 다 태워
어둠 속에서 헤맬까 봐 일생을 노심초사

키는 점점 작아지고 많이도 가벼워지신 몸
꺼질 듯 말 듯 한 가녀린 불꽃
마지막 불꽃이 사그라질 때까지
자식 잘되라고 한없는 사랑으로
끝끝내 하늘거리다 꺼진 불꽃

정녕 어머니 당신은 촛불처럼 살다 가신
진하디진한 그리움입니다.

안경 너머로 본 눈물

너와 내가 헤어진 그날도
하염없이 굿은비가 내렸지
비를 맞고 떨어진 꽃잎을 밟으며
건강해라, 행복해라
웃으면서 보냈지만
그 웃음은 거짓이었다.
재회의 기약 없는 이별
무심한 많은 세월이 지난 지금
우연히 마주친 만남
반가움 반, 어색함 반
흐른 세월의 흔적이 묻은 모습
도수 높은 안경 너머로
가득 고인 눈물을 보고 말았네!
나 또한 눈물을 감추려고
얼른 하늘만 보았네.

제목 : 안경 너머로 본 눈물
시낭송 : 최명자
스마트폰으로 QR 코드를 스캔하면
시낭송을 감상할 수 있습니다

첫눈이 내리던 그날

안개처럼 피어오르는
그날 추억의 일면들
첫눈 내리는 날
만나자고 약속하고
기다리고 기다리던 나날들

더디어 첫눈이 온다.
마음 한가득 설렘 안고
무슨 말을 먼저 할까
뽀얀 손을 살며시 잡아볼까
떨리던 그 첫 마음도

지금은 아련한
기억의 저편에 잠들고 있다.
첫눈이 내리는 날이면
아득한 젊은 날의
추억 여행을 한다.

치매

험난한 세파에
시달리지 않으시고
자유로운 영혼이 되셔서
하루에도 몇 번씩을
이승과 저승을 넘나드신다.
가끔은 사람도 못 알아보시고
이 아들을 보고
아저씨란다
억장이 무너진다.

때론 아기가 되어
엄마가 보고 싶단다.
아기 대하듯 좋은 말을 못 하고
정신 놓으신 어머님을
타박만 하면서
어머님 가슴에 얼마나 많은
대못을 박았을까
저세상으로 가시고 안 계신 지금
때늦은 후회에
회한의 눈물이
두 볼을 타고 주르륵
발등 위에 뚝뚝, 뚝

제목 : 쌍둥이 막내(독도)
시낭송 : 박영애
스마트폰으로 QR 코드를 스캔하면
시낭송을 감상할 수 있습니다

아파한다고 돌아올까
원망한다고 되돌아올까
체념한 세월
오늘도 그대의 안녕을 빌어 본다

민들레 홀씨

아지랑이 타고 오는 봄바람에
척박한 보도블록 틈새에
낮은 자세로 자리 잡고 앉은
끈질긴 생명력을 뉘라서 탓할까

오가는 사람들의 무관심에
따스한 눈길 한 번 받지 못해도
화려하지도 않고 향기가 없어도
노란 밝고 환한 미소 간직한 너

가녀린 몸매에 백발을 머리에 이고
살랑바람 기다렸다가 날아가
다음 생은 좋은 곳에 내려앉아
다른 꽃들과 친구가 되어 곱디곱게 피어나라

쌍둥이 막내(독도)

양쪽 눈에 넣어도
아프지도 않을
예쁜 내 새끼

내 품 안의 쌍둥이 막내
서도 동도야
자식 뺏길 부모 세상엔 없다

우리에겐 3.1정신을 가진
오천만 국민이 있으니
영원불변하리라.

이방인 아닌 이방인

눈이 오고 비가 와도 바람 불어도
눈에 띄는 색으로 유니폼 입은 패거리
사거리 신호등 밑에서
오가는 차량과 행인들에게
공손히 인사하는
어느 나라에서 온 누구요?
놀고먹는 자랑스럽지 못한
이름 석 자 어깨띠 당신들

평소에 그렇게 인사 잘하고
어려운 사람들의 손을 잡고
민의를 살폈으면
선거운동은 안해도 될 것을!

금배지를 얻으려고
시장바닥 골목길을 누비며
먼저 손 내밀어 악수 청하는
그 손이 부끄럽지도 않소

비열하게 구걸하며

금배지를 달고 나면

갑 중의 갑으로 변하는 당신들

언제까지 국민을 속일 작정이요

제발 간곡히 부탁하오

이방인이 아닌 당신들

대한민국 헌법 1조 2항을 숙지하고

국민 위에 군림하려 하지 마오

오직 국리민복을 위하여 열심히 일하길 바라오.

제목 : 이방인 아닌 이방인
시낭송 : 최명자
스마트폰으로 QR 코드를 스캔하면
시낭송을 감상할 수 있습니다

초심(初心) 분실

표를 쫓던 그자들
흙 묻은 손
손바닥에 못 박힌 거친 손
비린내 나는 물 젖은 손
그 손들을 부여잡고
머리를 숙이면서
국민을 섬기겠다고
한 표 한 표를 구걸하던
그 초심은 어딜 가고
제 밥그릇 챙기기 바빠서
민생은 뒷전이요!

걸핏하면 밖에 나와
막말이 난무하는
당신네는 이방인인가요?
여, 야가 함께 앉아
국리(國利) 민복(民福)을 위해
머리를 맞대고 방법을 모색하는
그 모습을 보고 싶어 하오
민의(民意)는 민생 잘 챙기고
살기 좋은 국가건설을 원하오

제목 : 초심(初心) 분실
시낭송 : 최명자
스마트폰으로 QR 코드를 스캔하면
시낭송을 감상할 수 있습니다

추억의 광안리 밤바다

다정히 손잡고
꿈을 꾸던 곳
파도도 잠이 든
광안리 해변에
가로등도 졸고 섰다
울면서 떠나간
그때 그 사람
흘러간 그 세월에
가슴 아프다

광안리 모래밭에
발자국 찍으면서
미래를 약속했는데
파도에 지워진 발자국처럼
잊혀진 그날들
추억을 더듬으며
혼자 걷는 광안리 밤바다

비 내리는 터미널

1
이별의 눈물인가
비가 내린다
남의 일로만 알았던
그 이별이
내게로 올 줄이야
나는 미처 알지 못 했네

우산을 받쳐 들고
고개 돌려 흐느끼며 울고 서서
떠나가는 저 차보고
발버둥만 치는 구나
임 떠난 터미널엔
가슴까지 적시는
비가 내린다.

2
슬픔의 눈물인가
비가 내린다
남의 일로만 알았던
그 이별이
날 찾아 올 줄이야
나는 미처 알지 못 했네

이별의 아픔 안고
두 어깨를 들썩이며 울고 서서
멀어지는 저 차 보고
몸부림을 치는 구나
적막한 터미널엔
마음까지 적시는
비가 내린다.

옹이가 된 사랑

사람이 살면서
씻을 수 없는 상처를
한두 개쯤은 안고 살지요
그렇지 않은 사람 몇이나 될까
아린 마음을 송두리째 꺼내어
깨끗이 씻으면 좋으련만
태워 버리면 흔적조차 없을
재가 될 텐데
씻을 수도 태울 수도 없는
이 안타까운 마음을
내 어이 견디라고
훌쩍 떠나버린 그 사람
마음엔 옹이가 박힌
흔적을 안고 살고 있다.

춘래불사춘(春來不似春)

소리 소문도 없이
찾아온 불청객
봄의 계절 춘삼월인데
코로나 매서운 눈보라가
온 지구촌을 휘몰아쳐
살얼음판이 되어
봄이 오지를 못하고 있네.
살신성인의 의료진 모든 분께
힘찬 박수와 응원을 보냅니다.
오대양 육대주 각국에서
빗장을 걸어 잠그고
오, 가지도 못하게 발을 묶는다.
창살 없는 감옥에 갇혀
희망의 끈을 붙잡고
화창한 봄을 꿈꾼다.

인생 열차

출발하면 되돌아올 수 없는 차
환급도 안 되는 열차표
왕복도 아닌 편도 표 한 장을
손에 쥐고 탑승한 인생 열차

옆자리에 앉은 부인 승객
품에 안은 아기 승객

열차 속의 희, 노, 애, 락
누가 먼저 내릴지도
종착역이 어딘지도 모르고
고장도 없이 달리는 인생 열차.

그리움 하나

갑자기 먹구름이 몰려와
천둥과 번개를 동반하고
세찬 소나기 끝에
흠뻑 젖은
마음 밑바닥에서
연기처럼 피어나는
진한 그리움 하나

당신이 벗어 놓고 간
그림자에 스멀스멀
떠오르는 아련한 모습
어느 하늘 아래서
살고 있는지
바람결에 그리움을 실어
안부를 묻는다.

제목 : 그리움 하나
시낭송 : 최명자
스마트폰으로 QR 코드를 스캔하면
시낭송을 감상할 수 있습니다

사랑했던 아우 인규를 보내며

천심을 지니고 많은 지인과 나에게
좋았던 정만 남겨 놓고
훌쩍 떠날 줄은 몰랐다
빨리 훌훌 털고 일어나라고
기도를 많이 했는데
제수씨로부터 부고 전화를 받고
잠시 넋을 잃고 말았다
장례식장에 많은 문상객과
복도를 꽉 찬 화환은
잘 키운 딸 덕분이라고 믿고 싶다
마지막 가는 길은 그렇게 많이는
배웅 길이 섭섭하지 않았을 줄 안다
병마가 데려가 버린
내 텅 빈 가슴에는
지난날의 아름다웠던 추억과
나눈 대화들이 귀속을 파고든다
백발이 하얀 내 모습을 보고는
아이고 형님은 하나도 안 늙었네요 하던
하얀 거짓말만 남았다

거주지를 바꾼 하늘나라에서는
편안한 쉼 하라고
나 이 밤에 수취 불가의
편지를 쓴다 인규 너에게! 위제 형이.

이별 편지

이십일 년을 내 곁에서
기쁨 주고 귀염 받던 널
보내려니 가슴이 미어진다.
너와의 연이 여기까지냐?
고마웠다 재동아
외로움이 무섭게 엄습해 와도
네가 있어 외롭지 않았고
같이 산책하고 놀던
이 터전도, 나도 두고
가는 너를 보낸다.
다음 생에 좋은 연으로
다시 만나자 재동아

* 우리 집에는 이십일 년을 키운 재동이라는 개가 있었습니다. 아주 영리한 개이었답니다. 사람으로 치면 150살 가까운 나이지요. 정말 미운 정 고운 정 다 들은 개, 나이가 많다 보니까 눈도 멀고 귀도 멀고 기운도 없고 애견병원에서도 손을 쓸 수가 없다더군요. 수명을 다했는지 가려고 하니 안타깝기가 그지없네요. 오늘 아침에 저세상으로 갔습니다. 햇빛 잘 드는 양지에 묻으면서 이별 편지를 같이 묻고 한참을 울었답니다.

못 보낼 편지

이 밤
나는 또 편지를 쓴다.
우표를 붙여도
전하지도 못할 사연들을
지구촌 어디든 가는 서신이
지척인 휴전선 이북 땅
안부는커녕
생사조차도 알 길 없는
피맺힌 한세월을
가슴에 묻고
부질없는 편지를 쓴다.

빗속의 이별

우리가 헤어진 그날 밤도
하염없이 비가 내렸지
머리를 도리질하면서
매달리던 그 사람을
맺지 못할 운명 앞에
안녕이라 말 한마디 못 하고

금이 가서 깨어진 질그릇
깨진 그릇 쓸 수 없듯이
머물다간 바람처럼
아름다웠던 추억만 가슴에 담자
너는 너대로 나는 나대로
내일 아침 떠오를 태양을 맞자.

첫눈

이천십사 년의 푸른 말이
가쁜 숨을 몰아쉬며 달려온
열한 달의 숱한 사연들
온 국민이 함께 슬퍼했던
가슴 아픈 세월호의 참사도
흐르는 세월에 묻고
달랑 한 장 남은 달력
십이월의 첫날에
잿빛 하늘에서
하얀 겨울이 소리 없이 내린다.
앙상한 나목 위에
솜이불을 덮는다.
꼿꼿이 서서 흔들거리던 갈대도
하얀 솜 모자를 쓰고 고개를 숙인다.

각설이 공연

축제장 하늘엔 애드벌룬 떠 있고
주차장은 빈틈없이 빼곡하다.
넓은 마당이 온통 북새통이다.
오가는 많은 사람의 물결
임시로 가설된 몽골 텐트엔
갖가지 상품들이 손님 눈길을 끌고
팔도 먹거리 장터에
숯불 위에 통돼지 바비큐가
행인들의 군침을 삼키게 한다.
한쪽의 꽤 넓은 마당을 차지한
각설이 공연이 당연 인기 1위
가수 못잖은 노래 실력에
북 장구 치고 엿가위 장단은
과히 종합 마당예술이다
음담패설을 섞은 걸쭉한 재담은
관중을 들었다 놓았다 하면서
환한 폭소를 자아낸다.

을미년 새해 아침에

어제는 다사다난했던
갑오년의 일몰을 보면서
반성과 감사의 뜻을 담아 고개를 숙였다.

보신각의 우렁찬 종소리가
한반도의 새벽을 연다.
이천십오 년의 첫날
여명을 걷어내며
동쪽 하늘에 타는 노을을 뚫고
찬란한 태양이 이글거리며 솟아오른다.
아! 이천십오 년의 희망이 떠오른다.

그 태양과 눈 맞춤 하면서
저마다의 소망을 빌면서
추위에 언 손으로 합장한다.

카메라

똑똑한 눈을 가진 너
윙크 찡긋 한 번에
무섭게 내리는 소낙비 속의
번쩍이는 번개도 담아내고

수평선 끝에서 이글거리며 솟는
일출도 담아내고

때로는
못된 파파라치의 손에 잡혀
순간 포착을 노리지만

오늘은 따뜻한 내 손을 잡고
봄이 오는 길목에서
꽃소식을 담아보자.

부산의 상징 해운대

아름다운 빼어난 경관
해운대 해수욕장과 동백섬
APEC 정상회담 하던 그곳
누리 마루 앉아있는 동백섬
더 넓은 바닷가엔
갈매기들 춤추는 곳
신라 천재학자 최치원 선생이
바다 위에 떠 있는 구름 같다 하여
이름 지은 해운대(海雲臺)
오이소, 보이소, 즐기고 가이소
해수욕장 파도도 타보고
동백섬 일주하면서
좋은 추억 한 아름 안고 가이소.

봄이 오는 소리

봄의 문턱을 넘어선 지가
열흘이 넘게 지났건만
산골 마을의 산허리에
아직도 잔설이 남아 있다.

봄이 내려앉은 양지쪽에
따사로운 봄볕의 포로가 된
복수초의 노란 꽃망울 수줍게 피고

얼음 녹은 산골짝 계곡에
일찍 잠을 깬 개구리들이 모여
새봄맞이 합창을 부른다.

제목 : 봄이 오는 소리
시낭송 : 박영애
스마트폰으로 QR 코드를 스캔하면
시낭송을 감상할 수 있습니다

진달래

두견새 울고 가는 산골짜기에
벌거벗은 가지 끝에
고운 연두색 치마도 못 입은 채
연분홍 저고리 입고

아직도 차가운 개울물에
꽃 그림자 드리우고
임을 그리는 상사병

두견새가 그 사연을 알기나 하듯
그믐밤 눈썹달을 보고
피맺힌 울음소리 소쩍소쩍
이 한밤을 지새우네.

흔적

뜨거웠던 사랑의 파경 뒤에
작은 벌레가 뜯어 먹은
구멍 숭숭 뚫린 가슴이다.

구멍 나고 찢겨서
가슴앓이로 멍든 가슴에
싸매 두었던 마음에 상처

아무도 밟지 않은
모래밭에 남겨진 내 발자국도
파도의 위로에 지워지고
바람의 속삭임에 희미해져 가겠지!

싸맸던 상처 도려내어
흘러가는 시간 위에 던져주고
흔적마저 갈매기의 먹이로 내어준다.

거산(巨山) 그 임의 영전에

조국 민주화의 선봉장
온갖 억압에도 굴하지 않고
큰길엔 문이 없고(大道無門)
닭의 모가지를 비틀어도
새벽은 온다! 시며
목숨을 건 이십삼 일의 단식투쟁
기어이 민주화의 디딤돌을 놓으시고
문민정부 통 큰 개혁을 하시고
거산(巨山) 그 임은 가셨습니다.
투병 중에도
소통과 화합을 해야 한다. 시며
상도동의 큰 별 그 임이 가셨습니다.
우리 대한민국의 안녕과 번영을 바라시던
거산 그 임의 오직 한 마음!
부디부디 하늘나라에서
평안한 영면을 머리 숙여 빕니다.

오늘따라

왠지
오늘따라
당신이 너무 보고 싶다.
왤까?
고독에 찌든
내 삶이 밉다
못 보고
못 듣고
궁금했던 날들
남들 앞에선
웃음 뒤에 감춰진
외로움을 숨긴 채
왠지
오늘따라
엄습하는 이 그리움을 어쩌라고!

지우개

시린 아픔을
속으로 감춘 채
아무도
감싸고 싸매 주지 않은
나 혼자
아파했던
숱한 밤과 낮들

이젠 그 흔적들을
작은 행복의 지우개로
우리 두 사람
마주 보며 손 맞잡고
따스한 손길과 마음으로
아파한 흔적을 지우렵니다.

못 버린 미련

떠나버린 그 사람이
또다시 생각난다
못 버린 그 미련에
가슴이 아려온다
밤비에 하염없이
젖는 이 마음
대답 없는 그 이름을
이 밤도 불러본다
못 잊는 사람아.

송해 선생님 영전에

금수강산 방방곡곡
돌고 돌아
전국노래자랑 진행
삼십사 년
막걸리 같은
정이 묻어나는
그 목소리를 더는
들을 수 없단 말입니까?
육신을 벗어 그림자뿐
그 음성 메아리만 남고
훌쩍 떠나신 송해 선생님
영원한 잠자리
저승으로 옮기신 거처에서
천국 노래자랑을
진행하십시오
그곳에서는 아프지도 마시고
더 크나큰 사랑을 받으세요.

가을이 가고 있다

형형색색의 단풍이
하산을 하면서
가을을 밀어 내리며
겨울을 재촉한다.
색깔 고운 저고리 치마
예쁘게 갈아입었는데
무서리 찬바람에
천천히 옷을 벗는다!
벌거벗은 몸이 되면
북풍한설 모진 추위를
어이 견디리.

마음에 씨 한 알 심고

메마른 내 영토에
유실수 씨 하나 심었다
따스한 봄볕 받아
여린 새싹이 대지를 뚫고 나와
아름다운 꽃을 피웠다
꽃진 자리마다 열매를 달고
불볕더위 견디고
휘어질지라도
태풍에도 꺾이지 않을
뿌리를 깊게 내렸다

풍요의 계절 황금물결 춤출 때
가지마다 매달린
잘 익은 과실을 따다가
바구니에 가득 담아
정다운 지인들, 이웃들과 나누련다.

바람길

산 능선 위에
가을맞이 나온
은백색의 백발을 이고 선
억새 사이를
훑고 지나가는
저 바람은
어디가 종착역일까?
출발지도 종착지도
알 수 없는 바람길

하늘을 떠가는
구름 또한 어디까지
갈 것인지
알 수 없는 구름 가는 길.

진정한 친구로 남아 살자

우리가 가는 밤길에
넘어지지 말라고
등불을 들어주는
정 많은 친구로 남아 살자

뱃길을 인도해 주는
등대 같은 친구로 살자
친구가 가는 길을
바른길을 가게끔
노력을 다하며
지켜보고 있을게.

우린 어릴 적부터
정이 많이 묻어 있던
다정한 친구였으니까 말일세.

* 밤길에 : 인생길 비유

그리움

네가 내 곁을
떠나간 계절
그 가을은 또 왔는데
세월의 저편으로
건너간 너
네가 못 견디게
보고픈 날엔
너의 흔적을 찾아온 여기
고요한 적막 속에
고개 내미는 아름다웠던
추억의 편린들 뿐.

젊은 추억

휘영청 보름달 빛 아래
청춘을 노래하고
행복을 꿈꾸면서
주고받은 그 밀어
손가락 걸던 그 약속
모질게 짓밟고 떠난 너
젊은 날의 추억
어디서 어떻게 사는지
건강히 복되게 살기를
가만히 빌어본다.

눈 내리는 동지(冬至)

동지 아침에
눈이 내린다.
일 년 중 마지막 절기
동짓날
붉은 팥죽 끓여
집안 곳곳에 뿌려서
잡귀들 몰아내고
장독 위에 정화수 한 그릇
두 손 비는 우리 어머니
수건 쓰신 머리 위에
하얀 눈이 내리다.

봄 마중

개울 옆에서
시린 발 딛고
떨고 서 있는 나목
북풍한설 견디면서

동장군 숨어 있는
웅크리고 빠져나온
겨울의 긴 터널

매화꽃 앞세우고
아지랑이 타고 오는
수줍은 봄 아가씨
환한 미소로
반갑게 맞으련다.

구름 타고 고향 간다.

삶의 무게에 눌려

머리 들어 숨 한 번

크게 쉬고

하늘을 연다

하얀 구름이 머무른 곳

저 하늘 아래

정든 내 고향 집

지금은 그 누가 살고 있을까

개울 건너 초가 삼간집

어릴 때 친구들은

할아버지 되어있을

내 마음 구름 타고 고향에 간다.

선거 기간만 갑이고

선거 기간만 국민이 갑이고
선거 끝나고 당선이 되면
갑 중의 갑, 슈퍼 갑이 되고
국민은 순식간에 을이 된다.
초심은 전당포에 잡혔나
교차로 신호등 옆에서
푸른색, 빨간색 유니폼 입고
대여섯 명이 오가는 행인들께
고개를 숙이는 꼴이며
다가오는 차를 보고
고개 숙이는 꼴 좀 보소
평소에 잘하지 그래 쯧쯧쯧!

슬픔의 눈물인가
비가 내린다
남의 일로만 알았던
그 이별이
날 찾아 올 줄이야
나는 미처 알지 못 했네

세월에 실려 온 날들

조위제 제2시집

2023년 11월 20일 초판 1쇄
2023년 11월 23일 발행
지 은 이 : 조위제
펴 낸 이 : 김락호
디자인 편집 : 이은희
기 획 : 시사랑음악사랑
연 락 처 : 1899-1341
홈페이지 주소 : www.poemmusic.net
E-Mail : poemarts@hanmail.net

정가 :10,000원
ISBN : 979-11-6284-488-5